पद्मश्री प्राण

मॉरिस हार्न, वर्ल्ड एन्सायक्लोपीडिया ऑफ कॉमिक्स के एडिटर ने कार्टूनिस्ट प्राण को 'वाल्ट डिज्नी ऑफ इंडिया' कहा है।

उनकी कॉमिक्स पीढ़ी दर पीढ़ी बढ़ते हुए नौजवानों की हमेशा साथी रही हैं। उन्होंने अपने कैरेक्टर्स 'चाचा चौधरी, साबू, श्रीमतीजी, पिंकी, बिल्लू, रमन' इत्यादि के मनोरंजन का भरपूर लुत्फ उठाया है। उनके 600 से ज्यादा टाइटल्स मार्केट में बिक रहे हैं और दर्जनों स्ट्रिप्स न्यूज पेपर्स में छप रहे हैं। चाचा चौधरी पर आधारित एक टी. वी. सीरियल के लगातार 600 एपिसोड तक एक प्रमुख चैनल पर दिखाए गए।

विश्व के कई देशों का भ्रमण कर चुके, प्राण को 'लिमका बुक ऑफ रिकॉर्ड्स' ने 'पीपुल ऑफ द ईयर अवार्ड' से सम्मानित किया है। 1983 में उनकी कॉमिक बुक- 'रमन, हम एक हैं' का विमोचन तत्कालीन प्रधानमंत्री श्रीमती इंदिरा गांधी ने किया।

प्रकाशक

बिल्लू और फिशिंग

मेरे कांटे में
एक फंसी।
मेरे में भी
एक।
बिल्लू का क्या हाल है?
बिल्लू कां क्या हाल है?
मुझे तो यह
जूता मिला है।
यह बेकार टोपी।

मुझे एक और मछली मिली।
अब मुझे क्या मिला ?
बेकार हैंड बैग।
अरे, इसमें तो हीरे हैं।
www.chachachaudhary.com

हीरे !!
ये तो बहुत कीमती है।
हमें इसकी सूचना पुलिस को देनी चाहिए।
मैं पुलिस को फोन करता हूं।
इसकी जरूरत नहीं है।
ये हीरे मेरे हैं। पुलिस से बचने के लिए मैंने इन्हें नदी में फेंक दिया था।

इन्हें मेरे हवाले करो।
किसी ने चालाकी दिखाई तो गोली मार दूंगा।
चलो भागो यहां से।
चलो।

अरे! मेरी पिस्टल।
बहुत सही फांसा बिल्लू।
गुर्र र्र र्र!
मैं तुम्हें छोड़ूंगा नहीं।
© PRAN'S FEATURES

पहले अपनी सोच।
आऊ!
आऊ!
अब ऐसे ही पड़े रहो, जब तक पुलिस ना आए।
आह!
शाबाश बिल्लू, इनामी बदमाश रपाटू को चोरी के हीरों सहित पकड़वाने का धन्यवाद।
इनाम लेने थाने आ जाना।

बिल्लू और हिल स्टेशन
कितनी शानदार जगह है।
दूर तक फैली वादियां ...
www.chachachaudhary.com
और बर्फ से ढकी पहाड़ियों का जवाब नहीं।

ऊपर वाला थोड़ी क्रीम भी बरसा दे तो मजा आ जाए।
वह कैसे ?
चारों तरफ फैली आइस, क्रीम के साथ मिलकर आइसक्रीम जो बन जाएगी।
सही बात।
लेकिन बर्फ का मजा तो ऐसे भी लिया जा सकता है।

मैं आइस ब्वॉय बनाती हूं।
मैं आइस बम बरसाता हूं।
मैं तो स्कीइंग करूंगा।

हे !!!
हिल स्टेशन पर आकर रोप वे की सवारी नहीं की तो क्या किया ?
हे !!!

हे ! बिल्लू !
हाय ! जोजी !
अचानक -
अरे !
यह क्या ?
ये रोप ट्राली रुक क्यों गई ?
© PRAN'S FEATURES

रोप वे में कुछ गड़बड़ है।
वह उधर रोप वे रूट में कुछ अटक गया है। उसे हटाने के लिए क्रेन बुलानी पड़ेगी।
क्रेन को आने में तो काफी टाइम लगेगा।
तब तक रोप वे पर अटके पैसेंजर्स का क्या होगा ?
सॉरी ! और कोई हल नहीं है।

कोई बचाओ।
मेरी तो जान सूख रही है।
बिल्लू! हम यहां अटके हैं। कुछ करो।
रोप वे रूट में वहां अड़चन है।
मैं वहां तक पहुंचने के लिए कुछ करता हूं।

बिल्लू तेजी से स्कीइंग को चलाता सामने स्लाइड वाले प्वाइंट की तरफ बढ़ ताहै।
यां !!
स्कीइंग स्टिक का वार सही जगह बैठे तो बात है।
Och !

ट्राली चलने लगी।
थैंक्यू, बिल्लू।
बिल्लू ने हमें बचा लिया।
मजे करो।
आंच्छी !!
सुड़ !! सुड़ !!
हिल स्टेशन के सैंकड़ों फायदे में यह एक नुकसान तो है ही।

प्राण
चाचा चौधरी
और
स्वच्छ भारत

चाचा चौधरी और स्वच्छ भारत

गीता, तुम भी चलो।
मम्मी, मै भी जा रही हूं।
मैं तुम्हारे खिलौने से खेलूंगी।
जरूर।
बच्चों, शोर मत करो।
हम कहां जा रहे हैं?
गुलजार बगिया में।

वह कितनी दूर है ?
आधा घंटा तो लगेगा।
मजा आ गया।
सब अपना-अपना सामान लेकर आ जाओ।
मनु, आओ फुटबाल खेलें।
चलो।

चाचाजी, खाने का समय हो गया है।
बच्चों, चलो लंच किया जाए।
चाचा जी, इन बच्चों ने बगिया को कितना गंदा कर दिया।

बहुत गलत बात है।
इन्हें आप सजा क्यों नहीं देते ?
सजा नहीं, सीख देनी होगी।
मनु, तुम ठीक कहते हो, यह गलत आदत है।
यह कूड़ा किसने डाला ?
कूड़े को पहचाना। यह वही कूड़ा है, जो तुमने पार्क में छोड़ा था।

ओफ हो !
हमें यह पहले करना चाहिए था।
साफसुथरी जगह को तुमने गंदा कर दिया था।
इसका हम सबको ध्यान रखना होगा।
भविष्य में ये बच्चे गंदगी नहीं फैलाएंगे।
चलो बच्चों - सामने रखे तीनों रंग के डब्बों में अलगअलग कागज़ , बोतलें और बचा हुआ खाना डालो।

बच्चों, तुम्हें ऐसी जगह ले चलता हूं, जहां मशीन से कूड़े की खाद बनती है।
कहां, चाचाजी ?
बच्चों, बिना देर किए डगडग में बैठो।
पिंकी, बातें बाद में करना, पहले चलो।
भरत, इन्हें मशीन दिखाओ, कूड़ाकैसे खाद में बदलता है ?
कूड़े को मशीन में डाल देते हैं।
देखो, खाद बाहर आ रही है। यह बहुत उपयोगी है।

स्वच्छता अभियान शहरी विकास मंत्रालय का ही हिस्सा है।
बच्चों, सारे कूड़े को काम में लाओ। इससे बीमारियां नहीं फैलेंगी।
यह तो आम के आम गुठलियों के दाम हुए।
स्वच्छता अभियान तभी सफल होगा, जब हम सब अपने आसपास सफाई रखेंगे।
इसमें आप सबको सहयोग देना जरूरी है।
तुम सबको आसपास स्वच्छता रखने की शपथ लेनी चाहिए।
हम स्वच्छ ग्राही परिवार स्वच्छता रखने की शपथ लेते हैं।

स्वच्छ भारत
एक कदम स्वच्छता की ओर
सत्यमेव जयते
Ministry of Urban Development
Government of India
कम्पोस्ट अपनाओ,
फार्म हाउस में हरियाली लाओ.
• फार्म हाउस में कम्पोस्ट का इस्तेमाल कीजिए
• ये मिट्टी को उपजाऊ बनाती है
• इसे आप नज़दीकी फर्टिलाइज़र की दुकान से खरीद सकते हैं
कम्पोस्ट बनाओ, कम्पोस्ट अपनाओ.
अधिक जानकारी के लिए
1969
पर सम्पर्क करें.

बिल्लू और जादुई कालीन
तहखाने वाले स्टोर रूम में यह फटा-पुराना कालीन पता नहीं कब से पड़ा है ?
इसे यहां से निकालकर बाहर कबाड़ में फेंक देना चाहिए।
अरे !

यह कालीन से क्या गिरा ?
यह उड़ने वाला कालीन है। इसकी उड़ने की ताकत जल्दी ही खत्म हो जाएगी।
जादुई कालीन।
हुर्रे रें !!
टाइम खराब करने की जरूरत नहीं है।
आओ पहले इसकी उड़ान का मजा लें।

चलो !
हैं !
जोजी !
बिल्लू ! यह तुम हो ।
हां ! और हमारा जादुई कालीन है । तुम भी आओ ।
www.chachachaudhary.com

हे !!
उस्ताद ! वह देखो।
बिल्लू के पास उड़ने वाला जादुई कालीन !
अपने-अपने लट्ठ निकाल लो, पहलवानों। वह कालीन मेरे पास होना चाहिए।
चलो !

शहर के ट्रैफिक जाम का सबसे बड़ा हल है यह जादुई कालीन।
सही कहा।
ओह!
आग! आग!!

आग वाली बिल्डिंग में वह बच्चा सबसे ऊपर फंसा है।
आग की वजह से नीचे से कोई उस तक नहीं पहुंच सकता।
हम पहुंच सकते हैं।
आओ।
थैंक्यू!

शाबाश ! तुमने खूब बचाया
अब फिर सैर पर चलो।
रुक जाओ।
कालीन को अब तुम उड़ाना नहीं। नहीं तो तुम्हारी खैर नहीं।
ओह ! बजरंगी, और उसके साथी पहलवान।
© PRAN'S FEATURES

कालीन हमारे हवाले कर दे बिल्लू वरना लट्ठ मार-मारकर सिर फोड़ देंगे।
अब क्या करें बिल्लू ?
कालीन बजरंगी पहलवान को देना ही होगा।
तभी -
अरे ?
धड़ाम!
धाड़!!
आऊ!

हाय !
आह ह ह !
तुम्हें कालीन चाहिए था पहलवान, ले लो।
वैसे अब यह कालीन कबाड़ से ज्यादा कुछ नहीं।
क्योंकि इसकी उड़ने की पावर खत्म हो चुकी है।

बिल्लू पोल हाई जंप
स्कूल में पोल बाल्ट हाई जंप कंपीटीशन है।
थोड़ी प्रैक्टिस तो बनती है।
हे! बिल्लू!
www.chachachaudhary.com
हे! जोजी!

मेरे कजिन राबाड़ू से मिलो।
हेलो!
हेलो!
क्या चल रहा है?
पोल बाल्ट जंप की प्रैक्टिस।

गुड करके दिखाओ।
ठीक।
अरे, रुको रुको।
धड़ाम!
ओह!
आऊ!! मुझे क्यों रोका था?

तुमने पोल गलत पकड़ रखा है।
पोल को सही से पकड़ कर दोबारा शुरू करो।
अब ठीक है।
रुको!
अब क्या?
अब तुम ठीक ढंग से भाग नहीं रहे।
© PRAN'S FEATURES

लगता है तुम्हें पोलवाल्ट का काफी ज्ञान है।
सही कहा।
मेरे ख्याल से तुम्हें मुझे करके दिखाना चाहिए।
जैसी तुम्हारी मर्जी।
वह दीवार कूद कर दिखाओ।
अभी लो।

छपाक!
अब मैं आराम से अपनी प्रैक्टिस कर सकता हूं। क्योंकि...
...मुझे सिखाने के चक्कर में कीचड़ में फंसे राबाडू को वहां से बाहर निकलने में काफी देर लगने...
...वाली है।

बिल्लू और सूमो का खाना
मोती ! मेरे बिस्तर को तुमने गंदा कर दिया। उठो !
क्या सुना नहीं ?
बेटा उसे पेस्ट्री दिखाओ फिर देखो, वह कैसे भागा आता है ?
लो, पेस्ट्री खाओ।

यहां खुली हवा में बैठकर इसका लुत्फ लो।
सरराट ट !
ओह ! वह परिंदा मोती की पेस्ट्री ले उड़ा।

मैं तुम्हें सबक सिखाऊंगा।
बेटे! वह पक्षी ऊंचे पेड़ पर बैठा है।
तुम उसे कैसे सबक सिखाओगे?
मेरे पास एक और पेस्ट्री बची है। वह तुम ले सकते हो।
बाऊ! बाऊ!!
इसे मैं यहां रख देता हूं।
www.chachachaudhary.com

सररराट ट !
कड़ाक क !
हो ! हो !!
हा ! हा !! उसकी चोंच टूट गई। मैंने उस पेस्ट्री में एक पत्थर रख दिया था।
मोती ! तुम क्यों उदास हो ? याद आया, तुम भूखे हो।
आओ, कहीं खाना ढूंढते हैं।
© PRAN'S FEATURES

सूमो ! इतना खाना क्यों खाते हो ?
अगर मैं खाऊंगा नहीं तो मेरा जिस्म हृस्टपुष्ट कैसे होगा ?
बावर्ची ! तुम्हें क्या तकलीफ है ?
इतनी रोटियां सेंकते- सेंकते मेरे हाथ टूट जाते हैं।
हो ! हो !! यह सब मैं खाऊंगा।
??
??
ओह ! वह मेरी रोटी ले जा रहा है।
पिल्ले ! तुमने सूमो को ललकारा।

मैं तुम्हें नरक भेज दूंगा।
कड़ाक क!
धड़ाक क!
आऊ ऊ!
चलो, मैं दूसरी रोटियां खा लेता हूं।
ओह! मेरा खाना।

Diamond
TOONS
Largest selling comics in India
PRAN'S
CHACHA CHAUDHARY
AND
SWACHH BHARAT
₹ 50 48P
Largest selling comics in India
PRAN'S
BILLOO
AND
FISHING
₹ 50 48P
Largest selling comics in India
PRAN'S
PINKI
REAL WATCHMAN
₹ 50 48P
Availabe In Hindi, English, Marathi, Gujarati & Bangla
Chacha Chaudhary, Billoo & Pinki comics also available in Digest.
PRAN'S
CHACHA CHAUDHARY
DIGEST - 1
₹ 100 96P Size: 6.5"X9"
PRAN'S
CHACHA CHAUDHARY
DIGEST - 2
₹ 100 96P Size: 6.5"X9"
PRAN'S
CHACHA CHAUDHARY
DIGEST - 3
₹ 100 96P Size: 6.5"X9"
PRAN'S
CHACHA CHAUDHARY
DIGEST-4
₹ 100 96P Size: 6.5"X9"
PRAN'S
BILLOO'S
DIGEST - 1
₹ 100 96P Size: 6.5"X9"
PRAN'S
BILLOO'S
DIGEST - 2
₹ 100 96P Size: 6.5"X9"
PRAN'S
PINKI
DIGEST - 1
₹ 100 96P Size: 6.5"X9"
PRAN'S
PINKI
DIGEST - 2
₹ 100 96P Size: 6.5"X9"
Diamond
TOONS
X-30, Okhla Industrial Area Phase-II, New Delhi-110020, India
Tel.: 011-40712100, 40712200 Email: sales@dpb.in